Menschen

AF188783

Die Deutsche National-bibliothek verzeichnet diese Publikation in der Deutschen Nationalbibliografie; detaillierte bibliografische Daten sind im Internet auf der Seite https://portal/dnb.de/opac.htm abrufbar.

Texte und Layout: Karl Miziolek
Umschlaggestaltung: Books on Demand
Grafik: Silhouettes designed by rawpixel.com / Freepik
Alle Rechte vorbehalten

Verlag und Herstellung:

BoD – Books on Demand,

Norderstedt
ISBN 9783750470293

© Karl Miziolek 2020

Karl Miziolek

Menschen
sind eben auch nur
Menschen

Kurzgeschichten

Inhalt

Am Hafen

Die Sonne überflutete den kleinen Hafen, und glitzernde, goldene Funken tanzten auf der Oberfläche des Meeres.

Henry betrachtete die kleinen Fischerboote, die am Kai festgebunden im Rhythmus der Wellen schaukelten. Susanne neben ihm drehte sich um und betrachtete die bunten Häuser, die sich dicht gedrängt an den Hügel schmiegten.

„Dieser Anblick hat mir so gefehlt", sagte sie zu Henry.

Der reagierte nicht. Er war anscheinend mit seinen Gedanken woanders. Susanne war vor sieben Jahren hierher gekommen, um für ihre Firma ein Büro aufzubauen. „Wir müssen den kommenden Fremdenverkehr nutzen", sagte damals ihr Chef.

Fünf Jahre lang hatte sie hier in der Nähe gewohnt, an einer kleinen Bucht in einem Bungalow, der direkt am Meer lag. Die Hoffnungen des Chefs erfüllten sich nicht, das Büro wurde geschlossen, weil es nicht rentabel war, und sie musste wieder in die Großstadt zurück.

Sie runzelte die Stirn. Genau da, wo sie jetzt standen, hatte sie damals einen Mann kennengelernt. Sollte sie Henry von ihm erzählen? Dieser Mann hatte nur aus Lügen bestanden, sie nach Strich und Faden ausgenützt und schließlich mit einem Berg Schulden sitzen gelassen.

Ihre Liebe zu diesem Ort hatte das allerdings nicht getrübt. Hier war alles so bunt und von Licht durchflutet und lebendig. Die Stadt hingegen grau, voller Beton, der

Smog und der Lärm unerträglich. Sie war glücklich, wieder hier zu sein.

Susanne schwankte. Sie wollte auch ihre Vergangenheit mit Henry teilen, aber zugleich konnte sie sich schon vorstellen, wie er reagieren würde: stirnrunzelnd und wortlos, aber seine Blicke würden Bände sprechen.

Seit drei Monaten kannten sich jetzt. Es war irgendwie Liebe auf den ersten Blick gewesen, bei beiden, als Susanne auf dem Parkplatz des Baumarkts ein wenig gegen Henrys Wagen geschrammt war. Nicht, dass sie zu dieser Zeit auf der Suche nach einem Mann gewesen wäre. Eher im Gegenteil, denn diese so katastrophal gescheiterte Beziehung hatte ihr Interesse an Männern mehr als nur beeinträchtigt. Doch Henry ließ nicht locker, immer wieder rief er an und bat um ein Treffen. Schließlich hatte sie eingewilligt. Mindestens dreimal pro Woche trafen sie sich dann. Ob Kino- oder Konzertbesuche, ein Abendessen in den feinsten Restaurants der Stadt, immer hatte er eine Überraschung für sie und verwöhnte sie nach allen Regeln der Kunst. So auch gestern.

„Schatz, wir fliegen morgen früh übers Wochenende dorthin, wo du doch immer wieder hinwolltest", hatte er so nebenbei gesagt, als ginge es darum, zwei Stationen mit dem Bus zu fahren, und lachend mit den Tickets herumgewedelt.

Susanne war im siebenten Himmel. Sollte sie endlich das große Los gezogen haben mit diesem Mann? Single, kinderlos, gut situiert, liebevoll und aufmerksam ...

Nun stand sie da, wo sie sich so lange schon gewünscht hatte wieder zu sein. Ihre negativen Erinnerungen verblassten. Warum sollte sie diese wieder aufleben lassen, indem sie Henry damit belastete? Als ob er ihre Gedanken erraten hätte, sagte er: „Ich habe gelernt, dass es besser ist, nicht alles von sich preiszugeben."

„Wie meinst du das?" Sie fragte sich erstaunt, ob er Gedanken lesen konnte.

„Na ja, du wirst doch hier einiges erlebt haben", meinte er, und sie glaubte einen leisen Ton von Eifersucht herauszuhören. Susanne wollte schon antworten, da legte er seinen Arm um sie: „Ich habe Appetit auf Gambas, du auch?"

„Ja, lass uns gehen", antwortete sie, froh, nicht weiter auf das Thema eingehen zu müssen. Eng umschlungen schlenderten sie den Hafen entlang zu einem Fischrestaurant am Ende der Straße, von dem Susanne wusste, dass es besonders gut war.

„Hier gibt es die besten Gambas weit und breit", erklärte sie ihm. „Na, dann …", lachte er. Sie nahmen an einem der Tische direkt am Wasser Platz. Henry saß ihr gegenüber, Susanne hatte die Hafenstraße im Blickfeld.

Während sie auf das Essen warteten, ergriff Susanne seine Hand: „Du hast mir eine große Freude bereitet mit der kleinen Reise hierher", sagte sie, „Danke!" Sie beugte sich über den Tisch und küsste ihn. Dabei fiel ihr Blick auf etwas, das sie zum Lachen brachte. Auf der Straße näherte sich eine junge Frau mit zwei kleinen Mädchen, die ständig Räder schlugen.

„Schau einmal, sind die beiden nicht süß?"
Henry drehte sich um. Als er Susanne wieder anblickte, sah er aus, als hätte ihm jemand Puder ins Gesicht geschüttet.

„Ist dir nicht gut?", fragte Susanne. Sein bleiches Starren erschreckte sie.

„Komm, lass uns gehen", sagte er atemlos und stand so hastig auf, dass sein Stuhl nach hinten kippte.

„Aber …" – weiter kam Susanne nicht. „Papa, Papa!", riefen die Mädchen und stürmten auf Henry zu.

Eine glatte 12

Es war Montag, Punkt neun Uhr morgens, und Sebastian stand auf der Autobahn irgendwo zwischen Wr. Neustadt und Wien im Stau. Statt im Büro seinen Computer anzuwerfen, warf er alle zwei Minuten mit einem ungeduldigen Tritt aufs Gaspedal den Motor an, um wieder eine Wagenlänge vorwärts zu kommen. Er starrte aus dem Fenster und ihn schauderte. Die beklagenswerten Menschen, die es sich täglich antun mussten, Teil dieser Blechschlange zu sein! Er schaute nach links und rechts und studierte die Gesichter der Wartenden. Sie kamen ihm ausdruckslos, einige sogar stupide vor. Wie vollkommen wurscht die mir eigentlich sind, dachte er. Grauenvoll.

Eigentlich hatte er sich am Freitag nur noch verkriechen wollen. Aber die Weinverkostung mit Freunden war schon ausgemacht gewesen, und er versprach sich vom geografischen Abstand und der netten Gesellschaft etwas Erleichterung für sein Gemüt, das ihm wie unter einer Lawine begraben schien. Das Probieren des köstlichen Rotweins, längst exakt geplant für Samstag und Sonntag in verschiedenen Vinotheken der Südsteiermark, war allerdings bald zu einem verzweifelten Besäufnis ausgeartet, sodass er nicht mehr wie beabsichtigt noch am Sonntag hatte zurückfahren können.

Endlich spürte er, wie die drei Aspirintabletten, die er in der Früh eingenommen hatte, langsam im Gehirn zu wirken begannen. Zumindest musste er nicht mehr mit diesem bohrenden Kopfschmerz fertig werden. Er dachte wieder an den Grund seiner, na, sagen wir, Unpässlichkeit: Gaby. Sie war eigentlich die perfekte Frau. Eine glatte 10! So hatte er sie immer bezeichnet, das war seine bisher höchste Bewertung gewesen.

Sebastian war Statistiker und Kopfrechen-Künstler, er konnte seine Vorliebe für Zahlen nicht verleugnen.

Gaby konnte ihn zu Dingen bewegen, die er vorher nur verachtet hatte, sogar dazu, den Abend auf der Couch vor dem Fernseher zu verbringen. Und ein nicht unwesentlicher Grund für ihre perfekte Bewertung war ihre Kochkunst gewesen. Auch für ihn galt die alte Weisheit, dass Liebe durch den Magen geht. Gemeinsam schnippelten sie in der Küche am Gemüse herum, und Sebastian hatte immer mehr Gefallen daran gefunden, nicht nur Fast Food und Mikrowellengerichte zu konsumieren. Aus seiner spartanischen Höhle für den allein lebenden Mann wurde langsam ein Zuhause. Auch was den Humor betraf, schwammen sie auf einer Welle. Eine 10, keine Frage.

Bis sie ihn vorige Woche mit seinem Freund Roman beschissen hatte.

So recht und schlecht brachte Sebastian an diesem Montag die Büroarbeit hinter sich. Die Kopfwehtabletten hatten im Lauf des Vormittags ihre Wirkung entfaltet und die Folgen des Kummer-Rotweinkonsums zur Gänze beseitigt. Er schaltete gerade den Computer aus, als sich sein Smartphone bemerkbar machte. „Heute Abend bei Norbert", das war eine Erinnerung.

Norbert, einer seiner ältesten Freunde, hatte eine Wohnung in der Innenstadt mit einem wunderschönen Dachgarten. Sebastian war natürlich zur Party eingeladen. Das Wetter würde mitspielen, sie konnten im Freien feiern. Sebastian war einer der ersten Gäste. Er schenkte sich gerade ein Glas Mineralwasser ein, mit dem Alkohol wollte er, leicht beschädigt vom Vortag, noch etwas warten, da kam Simon mit zwei Mädels am Arm hereingerauscht.

Augenblicklich zerriss der graue Schleier, der sich über Sebastians Seele gelegt hatte. Sein Interesse war geweckt, er fühlte sich ganz wiederhergestellt. Der Brünetten gebe ich eine 9, der Blonden aber, die sprengt meine Skala, eine unglaubliche 12, taxierte er die beiden, noch bevor Simon auf ihn zukam und sie ihm vorstellte.

„Das ist Rosi", Simon deutete auf die Brünette, „Und das ist Annatina aus der Schweiz", sagte er und zeigte auf die 12.

„Gott hat ein Einsehen mit mir", frohlockte Sebastian. Er liebte Blondinen.
Die Dürrezeit schien vorbei zu sein. Aus Angst, gleich völligen Blödsinn zu reden, nickte er nur kurz und küsste den beiden theatralisch, in dieser Situation etwas zu übertrieben, die Hand. Annatina kicherte.
„Aus welcher Zeitmaschine bist denn du daher gekommen", fragte sie augenzwinkernd mit einem deutlichen Schweizer Akzent.
„Aus der Tanzschule", antwortete Sebastian und lachte, auch deswegen, weil er seine Schlagfertigkeit wiedergefunden hatte.
„Seit wann bist du in Wien?", fragte er.

„Seit dem Samstag. Tolle Stadt. Simon hat mich ein klein wenig herumgeführt." Zeit, seine Angel auszuwerfen. „Und warst du schon im Bermudadreieck? Könnte dir da ein paar Geheimtipps zeigen", lächelte er vielsagend. „Die berühmte Partymeile, ja klar", grinste Annatina übers ganze Gesicht, „Da waren wir gleich Samstag Abend, gell, Simon?" Simon bestätigte das, ebenfalls mit einem Grinsen, das vom Terrassenfenster bis zum Horizont reichte. Sebastian sah schon seine Felle davonschwimmen, als Annatina fragte: „Und was machst du in Wien?"

„Sebastian arbeitet in der Filmbranche", sagte Simon.

„Echt! Cool, kennst du schon viele Promis?", fragte Annatina. Sie war sichtlich beeindruckt. Jetzt war der Moment gekommen. Sebastian musste seinen ersten Schuss auf die 12 abgeben, sollte seine Jagd erfolgreich sein. Er war zwar nur Produktionsassistent, aber das spielte jetzt keine Rolle.

„Wir haben die österreichischen Szenen von ‚Mission Impossible' mitproduziert", sagte er stolz.

„Was, dann kennst du ...?"

Annatinas Augen wurden groß, fast wie bei einer Manga-Figur. Sebastian lachte in sich hinein. „Naja, könnte man fast sagen", gab er sich geheimnisvoll.

„Und was treibst du?", fragte er und war froh, das Thema wieder rechtzeitig abgewürgt zu haben.

„Ich studiere Neurowissenschaft an der Uni Bern", antwortete sie, als wäre das gar nichts Besonderes. Sebastian musste erst einmal schlucken, damit hatte er nicht gerechnet. Genau wusste er nicht, worum es da ging, aber es hatte wohl mit Gehirn zu tun. Ich kann nur hoffen, dass sie nicht die Gedanken lesen kann, die gerade durch mein Hirn wandern, sagte er zu sich.

Die 12 sah aus wie eine hundertprozentige Garantie für reine Ektase. Vor seinem geistigen Auge tauchten die Bilder der Pornostars aus den Heften auf, die seine Pubertät beherrscht hatten. Und jetzt entpuppte sie sich auch noch als Intelligenzbestie. „Neurowissenschaft, warum?", fragte er, um sich von seinen ausschweifenden Gedanken loszureißen.

„Na ja, irgendetwas musste ich ja anfangen", lachte sie. Cool ist sie, aber hoffentlich nicht kühl, wenn ich sie dann zur Strecke gebracht habe, ertappte sich Sebastian dabei, an die Jagd und an den Blattschuss zu denken. Plötzlich stand Nobert da, der natürlich Annatina auch kennenlernen wollte, und verwickelte sie in ein belangloses Gespräch. Alle Gäste wollten das, sie wurde herumgereicht, auch, als ein paar Partyspiele begannen und getanzt wurde. Rosi hingegen fand wenig Anschluss und blieb immer in Simons Nähe. Gerade, als Sebastian Annatina wieder eingefangen hatte, sie tanzten mit wilden Bewegungen umeinander herum, unterbrach Simon die beiden. „Sebastian? Rosi und Annatina machen morgen früh eine Tour nach Bratislava, und es ist schon spät. Ich bringe Rosi nachhause, magst du Annatina in ihr Hotel bringen?"

„Ja, selbstverständlich", sagte Sebastian. Wenn sie die Zimmernummer 12 hat, flippe ich aus, dachte er.

„Wo ist denn dein Hotel?", fragte Sebastian. Statt einer Antwort kam die Frage: „Wo ist deine Wohnung?"

Das war das Signal für Sebastian, dass die Jagd erfolgreich verlief. Er war sich nur nicht mehr sicher, wer das Wild war.

Schon im Aufzug begannen einander die beiden zu befummeln. Wenn ich mich nicht beherrsche, ist die Jagd schon hier zu Ende, musste sich Sebastian ermahnen. Gleichzeitig kam die Angst. Diese Frau konnte jeden haben und hatte sicher jede Menge Vergleichsmöglichkeiten. Was, wenn er versagte? Bei so einem One-Night-Stand gab es keine Chance auf Wiedergutmachung am nächsten Tag. Schmach, vorbei, Ende.

Auf dem Weg vom Lift zur Wohnung rissen

sie einander schon die Kleider vom Leib, stolperten halbnackt in die Wohnung und fielen im Schlafzimmer hemmungslos übereinander her. Plötzlich hielt sie inne.

„Hast du eine Zigarette?", fragte sie. Sebastian, schon die Flinte im Anschlag, war so irritiert, dass er aus dem Bett fiel. Eine Zigarette? Jetzt? Das ist doch pervers, dachte er.

„Nein, ich ... rauche nicht", stammelte er, während er sich mühsam erhob und da stand wie ein nackter Zinnsoldat mit Socken und aufgepflanztem Bajonett. Sein Blut war längst aus dem Kopf in andere Regionen geflossen, das machte klares Denken unmöglich.

„Ich brauche immer eine Zigarette vorher!", sagte sie. Nachher, das hätte ihn an Gaby erinnert, aber vorher? Das Blut kehrte langsam zurück. Unten an der Ecke steht ein Automat, erinnerte er sich.

„Nicht wegrennen, bin gleich wieder da!" Hastig zog er sich seine Hose an, was nicht so einfach war, weil der Reißverschluss klemmte.

Sebastian stürzte auf die Straße. Der Automat klemmte auch. „Nein, nicht auch das noch", schrie er und hämmerte wie verrückt auf den Blechkasten ein. Als Ergebnis gab es keine Zigaretten, aber hinter ihm sagte jemand: „Na, haben wir ein Problem?" Das machte Sebastian noch wilder. Ohne sich umzudrehen, sagte er: „Scher dich zum Teufel!"

„Ich bin der Teufel", sagte die Stimme. Sebastian fuhr herum und sah zwei Polizisten dicht vor sich stehen.

„Sie stehen hier halb nackt und hämmern auf den Automaten, finden Sie das normal?", fragte der eine. Sebastian war außer sich vor Wut.

„Wie ich aussehe, geht Sie einen Scheißdreck an", schrie er. „Ich brauche eine Zigarette für vorher!"

„Wenn Sie sich nicht auf der Stelle beruhigen, nehmen wir Sie auf die Wache mit", ermahnte ihn der andere.

„Ich möchte nicht auf die Wache, ich möchte auf die 12", brüllte Sebastian.

Die Polizisten schauten einander an.

„Ich finde, das reicht jetzt, der ist ja gemeingefährlich", sagte der eine und löste die Handschellen von seinem Gürtel. Sebastian wurde gefesselt und auf die Wache mitgenommen. Nach der Aufnahme seiner Personalien, die Geldbörse mit dem Ausweis hatte er ja wegen der Zigaretten eingesteckt, wurde er höflich gebeten, Platz zu nehmen. Da saß er nun zwischen den „Damen des horizontalen Gewerbes" und betrunkenen Sandlern und musste sich blöde Kommentare anhören.

Langsam dämmerte es ihm, dass es besser war zu kooperieren als hier noch mehr Ärger zu machen. Schon etwas gefasster, fragte er: „Warum bin ich eigentlich hier?"

„Damit Sie sich beruhigen und nicht nachts auf der Straße randalieren und Polizisten beleidigen", sagte die blonde Beamtin, die die Polizisten unterstützte und das Protokoll schrieb, nicht ohne dabei zu schmunzeln.

Ohne Uniform würde er ihr eine glatte 11 geben. Die Beamtin forderte Sebastian auf, näherzutreten. Er sollte das Protokoll lesen und unterschreiben. Langsam färbte sich ihr Gesicht rosa, als ihr Blick an Sebastian hinunterglitt, dessen Blut wieder vermehrt in eine bestimmte Richtung geflossen war. Sebastian nahm ihren Blick wahr, was seine Erregung nicht gerade beruhigte. Er überflog den Text und unterschrieb, um nur schnell hier wegzukommen.

„Sie können gerne jemanden anrufen, der Sie abholt", meinte sie.

Sebastian rief Simon an.

„Vielleicht hatte der auch gerade Handschellen an, wenn ja, waren sie sicher angenehmer als meine", knurrte er, aber innerlich konnte er schon wieder lachen.

Während er auf Simon wartete, spürte er immer wieder die Blicke der Polizistin. Er empfand die innere Wärme, die in ihm aufstieg, wenn das Jagdfieber zurückgekehrt war. Er malte sich bereits seinen nächsten Coup aus und überlegte: Hoffentlich möchte die 11 nicht auch vorher rauchen...

Die Ex

Es war August. Seit Gaby bei Sebastian aus-
gezogen war, waren zwei Monate vergan-
gen. Dass das vielversprechende Abenteuer
mit Annatina, seiner unglaublichen 12, so
erbärmlich gescheitert war, hatte Sebastians Liebesleben schlagartig auf Sparflamme
gesetzt.

Doch nun sollte es wieder brennen. Heute
Abend sollten seine Hormone wieder spru-
deln, er endlich wieder Grund zum Jubeln
haben. Schon in der Nacht seiner Niederla-
ge hatte er Mut gefasst, als er auf der Wache der schönen Polizistin Yvonne begegnet
war – einer eindeutigen 11.

Nach längerem Beschnuppern und ein paar
Dates, die für Sebastians Verhältnisse sehr

gesittet verlaufen waren, wollte Yvonne heute Abend nach Dienstschluss zu ihm in die Wohnung kommen.

Es hatte lange gedauert, die Polizistin zu überzeugen, dass er dringend Hilfe brauchte. Diesmal trachtete er alles richtig zu machen. Der Prosecco, den sie gerne trank, war eingekühlt und, das hatte er schmerzhaft gelernt, Zigaretten mussten unbedingt im Haus sein. So ein Missgeschick sollte ihm nie wieder passieren, schwor er sich, sicher ist sicher, selbst wenn Yvonne Nichtraucherin war.

An diesem Abend kam Sebastian früher heim und schaute, wie er das immer tat, in den Postkasten, bevor er zur Wohnung hochfuhr. Gerade, als er den Papierstoß herausziehen wollte, hörte er hinter sich eine vertraute Stimme.

„Hallo, Sebastian!"

Erschrocken fuhr er herum. Gaby stand vor ihm, seine gewesene 10. Sie hielt eine Sektflasche in der einen und eine Papiertasche vom Herrenausstatter „Hutter & Co" in der anderen Hand. Vermutlich hatte sie für Roman neue Boxershorts gekauft, an denen von Sebastian hatte sie ja auch immer etwas auszusetzen gehabt, wenn er sie sich selbst aussuchte.

„Hi", erwiderte er kurz angebunden und schaute auf die Uhr – länger, als er brauchte, um die Zeit abzulesen. Einige Sekunden der Stille erschienen wie Minuten.

„Du warst auch schon gesprächiger", meinte sie lächelnd.

„Klar, da waren wir noch zusammen", sagte er unwirsch, wieder mit einem demonstrativen Blick auf die Uhr. „Und, was treibt dich um diese Zeit noch hierher?"

„Ich bin auf dem Weg zu Roman und sah dich heimkommen, da habe ich mir spontan gedacht, wir könnten doch einmal darüber reden, was damals passiert ist", sagte sie.

„Was meinst du? Etwa, wie das Wetter damals am 10. Juni um 11:30 war?", höhnte Sebastian.

Ihr Lächeln verschwand. „Du bist ein richtiger Scheißkerl", konterte sie. „Ja, auch darüber, von mir aus."

„Na, du hast es nötig", lachte er grimmig. „Betrügst mich mit meinem Freund, und ich bin der Scheißkerl? Und übrigens", fuhr er wütend fort, „Du musst doch heim zu deinem neuen Stecher? Der ist ja wieder da, hat mir Norbert erzählt."

„Ja, wir haben uns wieder versöhnt und es ist wunderschön", erwiderte sie trotzig.

„Das wollen wir heute feiern. Aber offensichtlich war es eine blöde Idee, dass ich mich auch mit dir wieder vertragen könnte." – „Offensichtlich", sagte Sebastian zynisch. „Aber es ist ja so schön, wenn bei dir alles gut ist." Er blickte erneut auf die Uhr. „Ok, ich muss gehen, ich habe keine Zeit", sagte er und wollte sich schon zum Aufzug umdrehen.

In diesem Moment ging die Haustür auf, und eine hübsche Blondine kam herein. „Scheiße, Yvonne", entfuhr es Sebastian. Sebastians Neue, seine 11, brauchte eine Schrecksekunde, um die Lage einzuschätzen. Da stand Sebastian und machte ein verdattertes Gesicht, bei ihm eine attraktive Frau mit einer Sektflasche und einer nobel wirkenden Tragtasche, einem Geschenk vielleicht, allerdings auch mit einem Gesichtsausdruck, als sei sie kurz davor, Sebastian die Flasche über den Schädel zu ziehen.

Dann fragte sie: „Komm ich zu früh oder zu spät?", und sah die beiden an.

Gaby erfasste die Situation sofort, sah Yvonne an, dann Sebastian und sagte leise: „Na, du hast ja auch schnell Ersatz gefunden."

Sie ging an Yvonne vorbei zum Ausgang und drehte sich noch einmal um. „Vielleicht reden wir ein andermal in Ruhe."

Sebastian, der inzwischen seine Fassung wiedererlangt hatte, rief ihr nach: „Bestimmt nicht!"

„Wer war das denn?", fragte Yvonne. „Etwa fliegender Wechsel? Ist vielleicht besser, ich gehe wieder."

„Nein, bitte nicht! Ich erkläre dir alles", sagte er und umarmte und küsste sie. Während sie im Aufzug nach oben fuhren, versuchte Sebastian Yvonne nicht nur mit Worten, sondern auch mit seinen Händen und Lippen über seine Absichten ins Bild zu setzen. Als beide schon leicht erregt vor der Wohnungstür standen, fiel Sebastian ein, dass er doch etwas vergessen hatte. Auf dem Nachhauseweg hatte er noch schnell eine Packung aus dem Automaten in der U-Bahnstation ziehen wollen. Er sperrte die Wohnungstür auf und sagte: „Geh du bitte schon einmal vor, ich habe etwas vergessen, ich komme gleich."

„Na bravo, das ist ja ein schöner Anfang,

das habe ich mir irgendwie anders vorge-stellt", murmelte Yvonne.

Aber Sebastian war schon weg. Er wartete nicht auf den inzwischen nach unten gefah-renen Lift, sondern rannte die drei Stock-werke hinunter auf die Straße und weiter zur nahen U-Bahnstation. Die Packung Kondome fiel hörbar in den Ausgabe-schacht, doch als er danach tastete, er-reichte er sie nicht. Er hob den Deckel hoch, soweit er konnte, und spähte in den Schacht, wobei er sein Handy als Taschen-lampe verwendete.

„Verdammt noch einmal", fluchte er.

Kaum sichtbar, lag die Packung ganz hinten, sie schien sich beim Herunterfallen verkan-tet zu haben. Er sah sich kurz um und schlug zweimal kräftig auf den Automaten. Dann stopfte er seine Hand in den Schlitz, so tief es ging, fingerte an der Packung herum, bis sie sich löste, und wollte die Hand wieder aus dem Schlitz zurückziehen. Es ging nicht. Der Deckel des Ausgabefaches hielt seine Hand fest. Je mehr er sich bemühte und daran zog und rüttelte, desto fester drückte der Deckel zu.

„Na, junger Mann, haben wir wieder Probleme?", erklang eine Stimme hinter ihm. Sebastian drehte sich um, so gut es ging, und sah in die Gesichter zweier Polizisten. Es waren dieselben, die ihn damals auf die Wache mitgenommen hatten, diesmal aber mit breitem Grinsen.

„Aha, dieses Mal keine Zigaretten", stellte der eine lachend fest.

„Damals wollten Sie ja nicht mit auf die Wache", erinnerte sich der andere.

„Bitte, helfen Sie mir, ich stecke fest", bettelte Sebastian.

„Na, solange es nur hier ist", sagte der eine und hielt sich den Bauch vor Lachen.

Als er damit fertig war, sagte er: „Na, dann wollen wir einmal", und beide halfen Sebastian, die Hand aus den Automaten zu ziehen.

„Danke", lächelte der Unglücksrabe. „Die Polizei ist ja doch dein Freund und Helfer."

Während sich Sebastian die Hand rieb, meinte der eine Polizist: „Wollte er damals nicht auf die 12?"

„Ja, ich erinnere ich mich", kicherte der andere.

„Nein, heute nicht!" lachte Sebastian, „Heute auf Ihre … auf die 11!", das Päckchen Kondome wie einen Pokal hochhaltend, und stürmte davon.

Das Meer

Die angenehme Wärme eines sonnigen Oktobertages empfing sie, als sie aus dem Flughafengebäude trat. Das Treiben dort war ihr immer chaotischer vorgekommen als das auf allen anderen Flughäfen, die sie kannte.

Sie zwängte sich vorbei an den Reisenden, die sich zu Trauben sammelten und wieder auseinanderliefen, um nach ihren Autobussen zu suchen, die auch um diese Jahreszeit noch den Vorplatz füllten, vorbei am Gepäck auf den sperrigen Kofferkulis, vorbei an den Reisebetreuern, die ihre Kundschaft teils lautstark und teils durch Hochhalten von Tafeln einsammelten, auf denen die Hotelnamen aufgemalt waren.

„Where do you want to go?", fragte der Taxifahrer, dabei schaute er sich erstaunt nach ihrem Gepäck um.

Sie nannte ihm einen kleinen Ort und ergänzte, als sie seinen suchenden Blick sah: „Ich habe kein Gepäck."

Die Fahrt verlief schweigsam. Der Aussprache nach kein Einheimischer, dachte sie und musterte ihn gelegentlich. Seine Stirn glänzte im Rückspiegel. Sie saugte die Bilder der vorbeiziehenden Landschaft in sich auf. Sie hatte diesen Moment genauso herbeigesehnt wie sie sich gefürchtet hatte, wieder herzukommen.

„Ist es hier in Ordnung?", unterbrach der Fahrer ihr Grübeln, als sie nach einer guten halben Stunde Fahrt am Hauptplatz des Dorfes angekommen waren.

„Ja, danke."

Von hier aus hatte sie nur noch wenige Minuten zu gehen, bevor sie zu ihrem Haus kam. Es stand auf einem Hügel, inmitten von Olivenbäumen oberhalb des Dorfes. Sie hatten es vor 10 Jahren von einem Freund gekauft. Es war nicht groß, ein Wohn-Schlafraum und eine kleine Küche. Aber sie hatten jede Minute genossen, die sie dort gemeinsam verbringen konnten. Doch sie war schon seit drei Jahren nicht mehr hier gewesen. Ihr Mann war tot, während ihres letzten Urlaubs hier nach einem Mittagsschlaf nicht mehr aufgewacht, und sie später durch ihre ständigen Klinikaufenthalte und die jeweils folgende Rehabilitation verhindert. Ihr Entschluss stand fest. Die Zeit war gekommen. Es war zu viel geworden, sie ertrug ihr gewohntes Zuhause nicht mehr, das ständige Warten auf den Anruf aus der Klinik, die Ungewissheit, was morgen sein würde. Nicht nur ihr Mann hatte sie verlassen, auch ihre Kraft war verbraucht.

Sie hatte Angst, das Haus zu betreten. Neben dem Schönen, das sie hier erlebt hatte, tat sich das Schlimme wie ein hässlicher Abgrund vor ihr auf.

Außen hatte sich nicht viel verändert. Lediglich das Gras war hoch und dürr geworden und das Schloss ließ sich noch schwerer öffnen als vor drei Jahren. Auf dem Tisch im Zimmer ragten noch die Stiele der Rosen, die er ihr damals aus dem Dorf mitgebracht hatte, aus der Blumenvase. Die abgefallenen Blätter verrotteten auf dem Tischtuch. Sie öffnete die Fensterläden und sah sich wehmütig um. Ihre Handtasche legte sie neben die Vase auf den Tisch. In der Küche starrte ihr noch das schmutzige Geschirr entgegen, die Essensreste wirkten versteinert. Sie hatte damals das Haus fluchtartig verlassen. Trostlosigkeit füllte den Raum so wie sie selbst.

Für einige Minuten stand sie vor dem herrlichen Ausblick, ein scheinbar unendlicher Teppich aus Olivenbäumen, tief unten das blaue Meer. Stille.

Sie seufzte und machte einen Rundgang um das Haus. Im Schuppen hinter dem Häuschen stand noch das alte Fahrrad. Die Reifen hatten etwas Luft verloren. Für die paar Kilometer bis zum Meer wird es reichen, überlegte sie. Sie war ohnehin nicht mehr die Schwerste. Sie kehrte zum Haus zurück, um einen letzten Blick in den Raum zu werfen. Dann schloss sie langsam die Tür und sperrte ab.

Den Schlüssel ließ sie stecken.

Es war schon eine Zeit her, dass sie auf einem Fahrrad gesessen war. Anfänglich war sie unsicher und musste ein paar Mal absetzen, danach ging es immer besser. Da es nur bergab ging, dauerte es nicht lange, bis hinter den Hügeln der Strand sichtbar wurde. Sie begann wie eine Verrückte in die Pedale zu treten, um so rasch wie möglich dort zu sein. Woher sie die Kraft nahm, wusste sie selbst nicht. Sie war wie besessen, beinahe wäre sie mit einer Gruppe Passanten kollidiert, die auf der Straße oberhalb des Strandes spazierten.

Sie kümmerte sich nicht um deren lautstarke Proteste. Der Strand, ihr geliebtes Meer. Sie hatte ihr Ziel erreicht und wurde innerlich ganz ruhig. Sie blieb stehen und wartete, bis die Spaziergänger nicht mehr zu sehen waren.

„Endlich", sagte sie. „Ich komme!"

Sie warf ihr Fahrrad zur Seite, schloss die Augen und ging langsam, ohne nach links oder rechts zu schauen, über den Strand auf das Meer zu, immer weiter und weiter...

Amors Pfeil

Es war Freitag. Endlich Wochenende! Aber im Büro war noch viel zu tun, ein Auftrag musste unbedingt bis Mittag erledigt werden. Also kam Henry erst nach 15 Uhr nachhause.

Es war ein schöner Herbstnachmittag, die Sonne vergoldete den Hügelzug, hinter dem sie bald verschwinden würde. Er ging auf die Terrasse seines Hauses, um die letzten warmen Strahlen zu genießen. Gerade hatte er es sich bequem gemacht und die Beine hochgelegt, da machte sich eine SMS am Smartphone bemerkbar.

„Hi, morgen Lust auf einen Ausflug?" Es war Lena. *„Na klar, immer, wohin?"*, tippte er zurück.

„Ist eine Überraschung, nimm Papier und Bleistift mit!"

„Gehen wir stiften?"

„Ha, ha, wie komisch, passt dir 12 Uhr?"

„Alles klar"

„Hol dich ab!"

Zu Lena hatte er, seit sie in der Clique war, ein zwiespältiges Verhältnis. Er fand sie sehr erotisch anziehend und begehrenswert, aber ihre burschikose, direkte und schlagfertige Art behagte ihm nicht so recht. Ein prima Kumpel war sie, aber eine Beziehung mit ihr stellte er sich schwierig vor, er würde sich dabei als Mann nicht wohlfühlen, glaubte er. Lena hatte keinen Zweifel daran gelassen, dass sie gerne mehr hätte als nur eine Freundschaft.

Am nächsten Tag stand er pünktlich vor der Haustür und wartete darauf, dass Lena auftauchte. Nach 25 Minuten tuckerte sie endlich mit ihrer alten, gerade noch einmal durch die Überprüfung gekommenen Klapperkiste, die sie „Hugo", nannte, gemächlich um die Ecke. Henrys Freude auf den Ausflug hatte sich schon immer mehr verflüchtigt, als sie nicht aufgetaucht war, nun besorgte ihre Rostlaube den Rest.

„Auch schon da", ätzte er, während er sich auf den Beifahrersitz zwängte. „Hättest eine SMS schreiben können", meckerte er weiter.

„Ist während der Fahrt verboten", gab sie schlagfertig zurück.

„Rechts ranfahren und stehen bleiben, das wäre eine Möglichkeit gewesen."

„Dann hättest du noch länger warten müssen, und ich wollte dich nicht so leiden lassen." Sie zwinkerte ihm zu.

„Hast du Papier und Bleistift mit?", fragte sie dann.

„Ja, ja", erwiderte er. „Wo geht es eigentlich hin?"

„Ich dachte, wir fahren ein wenig durch die Gegend und wo es uns gefällt, machen wir einen kleinen Spaziergang – vielleicht am See, und gehen dann eine Kleinigkeit essen?"

"Gute Idee", spottete Henry. „Und dort mache ich dann eine Aktzeichnung von dir, wie du dem See entsteigst wie Aphrodite dem Meer, oder wozu sonst Papier und Bleistift?"

„Das würde dir so passen. Lass dich überraschen, vielleicht hat danach dein trostloses Singleleben endlich ein Ende."

„Trostlos? Wie kommst du auf die Idee? Ich fühle mich sehr wohl dabei."

„Bist du nicht mehr allein? Das würde meinen Plan allerdings zunichte machen."

Sie schaute ihn jäh von der Seite an, schärfer als von ihr beabsichtigt.

„Keine Sorge. Ich bin und bleibe ungebunden, allerdings sexuell nicht auf Sparflamme, wenn du das meinst."

„Ach, deswegen glotzt du mir heute nicht in den Ausschnitt wie sonst. Du hast dich schon anderswo versorgt."

„Nein, aber bei dem Pulli sehe ich ja sowieso nur deinen Hals."

„Der ist aber auch schön, oder?"

„Ja, aber nimm nächstes Mal bitte auch noch einen Schal, ich kann mich ja kaum beherrschen, sonst falle ich noch während der Fahrt über dich her."

Sie grinste übers ganze Gesicht. „Dann sollte ich vielleicht eine Burka tragen."

„So schlimm sieht dein Gesicht aber auch wieder nicht aus."

Lena stieg so brutal auf die Bremse, dass Henry nach vorn geschleudert wurde und der sich spannende Sicherheitsgurt ihm die Luft nahm. Lena drehte sich zu ihm und trommelte mit beiden Fäusten auf ihn ein.

„Du Schuft", lachte sie.

„Tut mir leid, tut mir leid, Gnade", flehte er und griff lachend nach ihren Händen. Hinter ihnen begann schon ein Hupkonzert. Die Weiterfahrt fiel wesentlich entspannter aus. Nach einigen Minuten erreichten sie den See.

„Gehen wir jetzt essen oder später?", fragte Lena.

„Wenn ich ehrlich bin, ich habe keinen Hunger", antwortete Henry.

„Gut. Dann spazieren wir einfach ein wenig

durch die Gegend."

Sie schlenderten auf der Promenade den See entlang. Geschickt manövrierte Lena den Spaziergang zur Anlegestelle der Boote. „Seerundfahrt mit Aus– und Einstiegsmöglichkeit auf der Zauberinsel", stand dort auf einem großen Schild.

„Fahren die Ausflugsschiffe eigentlich noch?", fragte Lena.

„Vermutlich haben sie die Saison verlängert, weil das Wetter so schön ist. Vielleicht sind wir nach einem Blick auf die Tafel schlauer."

„Ich sag's ja, du hast nicht umsonst studiert."

„So ist es, und das männliche Gehirn ist auch größer als das weibliche", dozierte Henry. Lena rammte ihm den Ellbogen in den Magen.

„Machst du neuerdings Boxtraining?", stöhnte er mit schmerzverzerrtem Gesicht.

Doch Lena stand schon vor dem Fahrplan.

„Das nächste Schiff fährt in einer halben Stunde", erklärte sie.

„Lass uns auf der Insel aussteigen, und wenn das Schiff retour fährt, steigen wir wieder zu."

„Und was machen wir auf der Insel? Spielen wir Robinson und Freitag?", lachte er.

„Komiker", gab sie zurück.

Trotz des schönen Wetters waren nur wenige Passagiere auf dem Schiff. Sie gingen nach vorne zum Bug, der sich gemütlich durch die Wellen schob.

„Es gibt einen Bordkiosk. Ich hole uns etwas zu trinken", sagte Henry.

Als er zurückkam, stand Lena mit ausgebreiteten Armen vorne am Bug und lehnte sich an die Reling.

„Na, spielst du Titanic?", fragte Henry lachend. „Meinst du, dass wir untergehen?"

„Nein, im Gegenteil. Wir fliegen."

Als er sie so anmutig da stehen sah und wie der Fahrtwind mit ihren Haaren spielte, stellte er kurzerhand die beiden Getränkedosen auf den Boden, trat hinter Lena und umarmte sie. Sie zuckte kurz zusammen. Wie gut sie duftet, dachte er.

„Ach, Lena, ich mag dich", flüsterte er ihr ins Ohr.

„Ich dich auch, Henry", flüsterte sie zurück.

„Endlich!", und schmiegte sich an ihn. .

Schweigend genossen sie die Minuten, bis das Schiff am Steg der Insel anlegte.

Sie stiegen als Einzige aus. Hand in Hand schlenderten die beiden den Weg entlang, der um die kleine Insel führte. Nach wenigen Minuten teilte sich der Weg, ein Schild wies ins Innere eines Wäldchens. Henry blieb stehen.

„Schau, hier geht es zum ‚Wunschbaum der Liebe'", sagte er und grinste. „Ich glaube, bei solchen Bäumen stecken einsame Herzen einen Zettel in einen Spalt und hoffen dann, ihr Wunsch nach einem Partner geht in Erfüllung."

Er lachte. „So naiv möchte ich einmal sein! Was meinst du, was schreiben die denn da auf den Zettel?"

Lena antwortete nicht, und als er sie ansah, bemerkte er einen Ausdruck, den er bei ihr noch nie gesehen hatte – eine Mischung aus Missbilligung und Befriedigung.

„Wir haben doch Papier und Bleistift", fiel ihm ein, „Wir könnten uns einen Spaß machen und –"

„Lass uns zurückgehen, das Schiff kommt bald", drängte Lena plötzlich.

Der Weg zurück und die Fahrt mit dem Schiff verliefen schweigsam. Lena schien irgendwelchen Träumen nachzuhängen, Henry fühlte sich überwältigt von der Zuneigung, die er so unerwartet für Lena empfand. Zugleich graute ihm davor, seine bisher sorgsam gehütete emotionale Sicherheitszone zu verlassen, und er wünschte sich, er hätte diesem Impuls nicht nachgegeben. Als stünde er unter dem Bann irgendeiner Magie, so unwiderstehlich war es über ihn gekommen. Als hätte Amor persönlich seinen Pfeil auf ihn abgeschossen. Als sie wieder im Auto saßen, sagte Henry: „Also, wozu habe ich jetzt wirklich

Papier und Bleistift mitnehmen müssen?"
„Ich glaube, die Sache hat sich erledigt",
lachte Lena, küsste Henry auf den Mund
und startete den Motor.

Das Negligé

Erschöpft stellte sie ihren Koffer vor der Wohnungstür ab. Der Aufzug war wieder einmal defekt, sie hatte das schwere Ungetüm zwei Stockwerke hochschleppen müssen. Umständlich kramte sie in ihrer Handtasche nach dem Schlüssel und öffnete die Tür.

Muffige, abgestandene Luft schlug ihr entgegen.

„Kein Wunder, nach vier Wochen Abwesenheit", murmelte sie. Gleich nach der Beerdigung war sie zur Kur gefahren. Das hatte ihr der Arzt dringend geraten. Sie ließ den Koffer im Vorzimmer stehen, warf ihre Jacke über einen Stuhl im Wohnzimmer und öffnete alle Fenster. Dann ließ sie sich erst einmal auf die Couch fallen. Sie schloss die Augen. Die Bilder der letzten Zeit zogen vorüber.

Sie waren mitten in der Planung der Feier ihrer Silberhochzeit gewesen, als ihr das Liebste genommen wurde.

Die Buchung hatte storniert werden müssen. Vor 25 Jahren waren sie in diesem Hotel in Meran gewesen, auf ihrer Hochzeitsreise, der Beginn einer wunderbaren Ehe. Nun würde sie nie mehr dorthin zurückkehren. Sie wischte sich die Tränen aus den Augen.

„Es nützt nichts. Das Leben muss weitergehen", seufzte sie und erhob sich wieder von der Couch, um den Koffer auszuräumen. In der Tür zum Schlafzimmer blieb sie kurz stehen. Wie riesig das Doppelbett jetzt wirkte. Nie wieder würde er neben ihr liegen, ihr nie wieder den Kaffee ans Bett bringen. Nie wieder würden sie einander zärtlich liebkosen.

Sie spürte, wie die frische Luft in das Zimmer strömte. Obwohl es empfindlich kühler wurde, tat es ihr gut.

Sie hob den Koffer aufs Bett, öffnete ihn und begann die Wäsche einzuräumen. Die war bereits gewaschen und gebügelt, sie hasste es, mit gebrauchter Wäsche heimzukommen, deshalb hatte sie alles schon im Kurort reinigen lassen. Ein Stück nach dem anderen nahm sie aus dem Koffer und legte es auf „ihre" Seite in den Schrank. Dabei vermied sie peinlich den Blick auf die Seite, die vor kurzem noch seine gewesen war. Als sie ein schwarzes Negligé aus dem Koffer nahm, stutzte sie.

Das hatte sie doch gar nicht mitgenommen.

War es beim Wäscheservice irrtümlich unter ihre Sachen geraten? Dann musste ihres noch im Schrank liegen. Ein prüfender Blick – da lag kein Negligé. Verwundert schüttelte sie den Kopf.

Er hatte es vor zwei Monaten zu ihrem Geburtstag gekauft, ein großes Geheimnis daraus gemacht und eine Schnitzeljagd durch die Wohnung für sie veranstaltet, die zum Schrank führte, und da lag es dann. Das war typisch für ihn, für seine Art, ihr seine Liebe zu zeigen.

Ein plötzlicher Windstoß, das Rauschen der Blätter des Baumes vor dem Haus unterbrachen ihre Gedanken.

„Komm, mein Liebling, zieh es an", flüsterte der Wind. Sie starrte auf das Negligé.

„Zieh es an", säuselte der Wind.

Wie in Trance gehorchte sie. Sie legte sich aufs Bett und ließ den Wind ihren Körper liebkosen. Langsam trockneten die Tränen auf ihren Wangen.

Der Loser

Ein Kribbeln ging durch Romans Körper, als er Andrea auf der Party erblickte.

„Sie ist also auch wieder da", sagte er leise und freudig erregt. Er spürte, wie ihm die Röte ins Gesicht stieg. Schüchtern war er immer schon gewesen. Deshalb gesellte sich zur Freude sogleich Nervosität, und er empfand die Situation als etwas unangenehm. Sie wusste, dass er ein Auge auf sie geworfen hatte. Spätestens, seit er stockbesoffen mit Gewalt versucht hatte, sie zu küssen, und prompt eine Ohrfeige hatte einstecken müssen. Das war schon eine Weile her. Ob sie ihm verziehen hatte, wusste er nicht. Seit sie beide wieder solo waren, hatte er vielleicht sogar Chancen bei ihr. Das hoffte er wenigstens. Es war ihm nicht klar, wieweit sein Begehren auf Gegenseitigkeit beruhte.

Diesmal wird alles gut, redete er sich ein, und seine Blicke zogen Andrea förmlich aus.

Ob sie auch rote Unterwäsche unter dem roten Kleid trägt, oder schwarze, ließ er seine Gedanken schweifen.

Sie begrüßten einander kurz und verloren sich im Trubel der Party gleich wieder aus den Augen.

Heute darf es nicht so weit kommen, ermahnte er sich selbst. Tatsächlich, immer wieder, während er mit anderen Gästen plauderte, suchte sie seinen Blick. Er bemerkte es mit Genugtuung aus den Augenwinkeln, ging aber eine Zeit lang nicht darauf ein.

Schließlich erwiderte er ihren Blick und ging auf sie zu. Sie stand bei einigen Gästen, die er nicht kannte, und schien gelangweilt. „Ja, Roman, komm doch zu uns!", rief sie ihm zu und winkte.

Inzwischen hatte er seinen Mut mit Alkohol so weit angehoben, dass es ihm jetzt möglich war, sich ihr so zu nähern, dass es einigermaßen unbefangen aussah.

Aber auch Andrea ließ sich nichts anmerken und erwähnte mit keiner Silbe das damalige Desaster. Wofür er ihr sehr dankbar war. Krampfhaft versuchte er eine humorvolle Konversation zu beginnen, aber außer ein paar nichtssagenden Floskeln brachte er nichts heraus. Sie ließ wenigstens seine Nähe zu, das nahm er schon als gutes Zeichen. Im Geiste sah er, wie sie ins Schlafzimmer stürmten und sie ihn aufs Bett zog.

Gerade, als er allen Mut zusammennahm, um sie von der Gruppe zu trennen, auf eine Zigarette im Freien, tippte ihm jemand von hinten auf die Schulter. Er drehte sich mit einem Ruck um, ungehalten über die Unterbrechung.

„Hallo, Roman!"

Er blickte entgeistert in das grinsende Gesicht von Ingrid, seiner Ex. Jener Ingrid, die er über alles zu lieben geglaubt hatte, bis – ja, bis sie ihn mit diesem Hurensohn Knut betrogen hatte. Ohne auf ihren Gruß zu reagieren, wandte er sich ab und drehte sich wieder Andrea zu. Aber das Unheil nahm schon seinen Lauf.

„Lass dich ja nicht mit diesem Versager ein", sagte Ingrid lachend zu Andrea. Sie hatte sofort geahnt, dass sich zwischen den beiden etwas anbahnte.

„Weißt du, dass ich seine ‚Erste' war? Und da war er schon fast 20!", ätzte sie. Sie sagte es so laut, dass alle Umstehenden es hören konnten. Einige schauten herablassend auf Roman, andere kicherten unverhohlen. Roman sah plötzlich überall nur grinsende Fratzen, die alle mit dem Finger auf ihn zeigten und riefen: „Loser, Loser!"

Nur Andrea schien Ingrids Worte nicht gehört zu haben. Zumindest tat sie so.

„Komm, lass uns nach draußen gehen", sagte sie zu Roman, der mit hochrotem Gesicht da stand, und nahm ihn an der Hand. Wieder war ihr Roman dankbar. Aus dieser peinlichen Situation wäre er ohne sie nicht so glimpflich herausgekommen. Die beiden gingen ins Freie. Ingrid konnte nicht glauben, dass ihre so geschickt platzierte Enthüllung nicht die erwünschte Wirkung erzielt hatte. Sie zog beleidigt weiter.

Romans Herz schlug immer schneller, und durch seinen Kopf tanzten schon die wildesten Bilder einer heißen Nacht mit Andrea. Er fühlte sich seinem Ziel zum Greifen nahe.

Jetzt oder nie. „Andrea, ich …" Weiter kam er nicht.

„Sag nichts", erwiderte sie und legte einen Finger auf seine Lippen. Er zog sie zu sich, um sie endlich zu küssen.

„Roman, tu das nicht. Es wäre keine gute Idee. Es würde unsere Freundschaft zerstören", sagte Andrea. „Du bist mir viel zu wichtig", fügte sie hinzu. Roman schluckte erst einmal. Dann lachte er laut auf: „Das Leben kann schon komisch sein!"

Die Puppen

Die Feier war in vollem Gang. Zu Hedwigs 80. Geburtstag hatten sie sich alle versammelt – ihr Sohn Josef, ihre Tochter Gerlinde, deren Ehepartner und ihre drei Enkelkinder saßen am Familientisch und warteten auf die unvermeidliche Ansprache, auf die endlich die Torte folgen sollte.

Gerade, als Josef ein paar Worte an die Jubilarin richten wollte, klingelte es an der Eingangstür. Bevor einer der Erwachsenen reagieren konnte, lief Susi, die jüngste Enkelin, hinaus.
„Hallo, Susi!", begrüßte Karl die Kleine, als sie ihm aufmachte. Ohne sich weiter um ihn zu kümmern, machte Susi kehrt und

sauste zurück ins Wohnzimmer.

„Onkel Karl ist da!", rief sie. Karl war ein Cousin von Hedwig.

„Na, hier ist ja schon einiges los", lachte er, als er ins Wohnzimmer trat und den üppig gedeckten Tisch, die Kerzen und Blumen und die ganze versammelte Familie sah. „Da bin ich wohl wieder einmal zu spät!" Nachdem er Hedwig begrüßt und ihr gratuliert hatte, erklärte Karl etwas geheimnisvoll: „Liebe Hedi, ich habe dir ein besonderes Geburtstagsgeschenk mitgebracht!" Er hob einen kleinen Koffer auf den Tisch, der abgewetzt und schäbig aussah.

Hedwig stockte der Atem. „Nein!", rief sie. „Das ist ja mein Koffer!", und sprang auf. Alle anderen am Tisch schauten einander erstaunt an und blickten dann fragend auf Hedwig.

Sie öffnete den Koffer mit zittrigen Händen.

„Na, Überraschung gelungen?" fragte Karl und lachte.

Hedwig war unfähig zu antworten. Blass und mit wackeligen Knien setzte sie sich wieder auf ihren Stuhl.

In dem Koffer befanden sich nur zwei kleine Puppen aus grob genähten, etwas unförmigen Leinensäcken, die an aus Holz geschnitzten, bunt bemalten Köpfen befestigt waren.

Alle warteten gespannt darauf, was Hedwig sagen würde.

„Oma, Oma, was ist denn das?", bettelte Susi als erste. Sie verstand nicht ganz, wie man über dieses alte Gerümpel so aus dem Häuschen geraten konnte. Langsam hatte Hedwig wieder ihre Fassung erlangt.

„Sag einmal, wie kommst du zu dem Koffer?", fragte sie Karl.

Nun waren alle Augen auf Onkel Karl gerichtet. Es war plötzlich still geworden, selbst die Kinder, die sonst nur herumtollten, hingen an seinen Lippen.

Er nahm neben Hedwig Platz.

„Vor zwei Wochen rief mich der Franz an. Franz Hobiger ist der Sohn eines Bauern im Waldviertel, zu dem ich seit unserer Jugend Kontakt habe. – Vielleicht kannst du dich noch an ihn erinnern? Sie haben im Dorf gewohnt", fragte er Hedwig.

Doch sie schüttelte den Kopf, und Karl erzählte weiter.

„Er wusste aus den Gesprächen zwischen seinem Vater und mir, dass wir in dem Gutshof, der zum Schloss gehört, aufgewachsen sind. Er ist jetzt nämlich Verwalter der Schlossgüter und daher auch für den

Gutshof zuständig."

„Ah, der Friedrichshof", unterbrach Josef. Hedwigs Kinder wussten darüber ja Bescheid.

„Psst, Papa!", sagte Susi streng. „Lass Onkel Karl erzählen!"

Karl fuhr fort: „Er sagte mir, dass das Gebäude abgerissen werden soll, und ob ich den Hof nicht vielleicht noch einmal sehen möchte, bevor die Bagger ans Werk gehen. Wir verabredeten uns, und natürlich fuhr ich sofort los. Der Hof liegt etwas abseits, wie ihr vielleicht wisst."

„Ja, wir waren mit Mama vor einigen Jahren einmal dort", sagte Gerlinde.

„Ist schon fast 20 Jahre her", warf Hedwig ein.

„Schon von weitem bot sich mir ein trauriges Bild", fuhr Karl fort. „Das Dach abgedeckt, die Fenster mit Brettern vernagelt und die Fassade teilweise eingestürzt. Als wir hineingingen, war der Anblick entsetzlich. Die Hälfte der Innenwände waren schon abgerissen und ein riesiger Schutthaufen aus Steinen und Holzbalken lag dort, wo einst unsere Wohnung war. Nur die Hofseite, wo sich früher der Kuhstall befand, war noch intakt. Auch das Dach und somit auch der Dachboden über dem Stall. Da fiel mir plötzlich ein, wir Kinder hatten doch damals, 1945, als die Russen kamen, deinen ‚Schatz' unter dem Bretterboden versteckt."

„Ja, genau", erinnerte sich Hedwig.

„Ich stieg also mit Franz auf den Dachboden und wir hoben einige der Bretter hoch – nichts, nur Stroh und Staub. Ich wollte schon aufgeben. Niemals dachte ich daran, hier noch etwas zu finden, nach fast 75 Jahren. Irgendetwas veranlasste mich aber, weiterzusuchen, und plötzlich hatte ich so ein Gefühl und sagte zu Franz: Hier muss es gewesen sein, und zeigte auf ein Brett im hintersten Winkel.

Mit Mühe hoben wir es noch hoch. Und da lag er, dein Koffer, als ob wir ihn erst gestern dort hingelegt hätten."

Karl machte eine kleine Pause. Niemand sagte etwas.

„Inzwischen erfuhr ich, dass das Denkmalamt das Ensemble als erhaltungswürdig eingestuft hat", sagte Karl dann, zu Hedwig gewandt.

„Vielleicht haben deine Puppen ja den Abriss verhindert."

„Und wo ist jetzt der Schatz?", fragte Susi enttäuscht.

„Es ist nichts, mit dem andere viel anfangen können", antwortete Hedwig glücklich. „Es ist also eigentlich nichts wert. Für mich war es aber das Wertvollste – die Mirli und die Kathi, meine zwei Puppen, die ich damals selbst gebastelt habe. Und jetzt bringen sie mir meine Kindheit zurück."

Das Drama

Das Drama hatte schon zuhause seinen Anfang genommen. Renate zwang Robert, ihren Ehemann, zum Einkaufen mitzukommen. Das allein trieb ihm schon den Schweiß auf die Stirn. Einkaufen war ihm ohnehin meist zuwider, aber was er richtig hasste, war Einkaufen im Supermarkt.

Außerdem war Robert behindert. Er hatte sich den rechten Arm gebrochen und einen dicken Gipsverband bekommen, der weder zu seiner Agilität, die an sich schon mäßig war, noch dazu beitrug, einen fröhlichen Ausdruck auf sein Gesicht zu zaubern.
„Und warum muss ich eigentlich mitkommen?", fragte er verärgert. „Ich bin krank!"

„Ich möchte heute etwas mehr einkaufen, schließlich haben wir zwei Feiertage, und wenn die Kinder zu uns kommen, verbrauchen wir mehr. Wir brauchen vermutlich einen zweiten Einkaufswagen", antwortete Renate ungerührt.

„Stimmt, sie haben ja gestern im Fernsehen gesagt, dass eine Hungersnot ausbricht", nörgelte er.

Renate überging die spitze Bemerkung. Hunde, die bellen, beißen nicht, dachte sie, schließlich tut er ja doch alles, worum ich ihn bitte.

Doch Roberts Missfallenskundgebung war noch lange nicht zu Ende, denn man musste ja im Auto zum Supermarkt fahren. Er hatte sich zwar vorgenommen, ruhig zu bleiben, aber die Vorstellung, auf dem Beifahrersitz Platz nehmen und seiner Frau das Steuer überlassen zu müssen, war einfach zu viel für ihn.

Während der Fahrt wusste er nicht so recht, wohin mit den Händen. Mit den drei Fingern, die aus dem Gipsverband ragten, klammerte er sich wie ein Kletterer an der Felskante krampfhaft an den Haltegriff über der Türe. Sein Mund war allerdings beweglich wie immer.

Renate schaltete ihm zu spät, bremste zu früh, fuhr zu spät an, nahm die Kurven zu langsam. Oder zu schnell, je nachdem. Sie tat, als hörte sie ihn nicht. Er war schweißgebadet, als sie am Parkplatz des Supermarktes ankamen.

„Da ist eine Parklücke", sagte er, froh, die Tortur hinter sich gebracht zu haben. Renate fuhr unbeirrt weiter.

„Da!", und fuhr ihr mit dem Zeigefinger fast

ins Auge. Wieder ignorierte sie es.

Renate mochte diese engen Parklücken zwischen zwei Autos nicht, nicht dass sie nicht einparken konnte, sie wollte es eben nicht, wenn noch genügend freie Plätze zur Verfügung standen.

„Warum fährst du nicht gleich zum Parkplatz vom nächsten Supermarkt?", raunzte er, als sie endlich einen bequemen Platz gefunden hatte. „Gibt es hier einen Shuttlebus?"

„Du hast ja nur eine Gipshand und keinen Gipsfuß", kam die Retourkutsche. „Du wirst doch die paar Schritte gehen können."

Während er noch weitermaulte, ging Renate zielstrebig zu den vor dem Portal abgestellten Einkaufswagen. Robert trottete hinterher. Sie zog zwei aus der Schlange und bugsierte ihm einen davon vor den Bauch.

„So, damit du etwas zu tun hast!"

Sie selbst nahm den anderen und ging, ohne sich weiter um Robert zu kümmern, zum Eingang.

Drinnen war, wie üblich, reger Betrieb. Robert schaute sich um.

„Na, hoffentlich sieht mich hier kein Bekannter, das wäre ja noch peinlicher, als wenn ich mit einem Kinderwagen spazieren ginge."

Wie das Frauen gerne tun, ging Renate langsam und genau schauend durch die Reihen des Supermarktes, blieb stehen und prüfte die Waren und den Preis. Hinter ihr hantierte Robert mit dem Einkaufswagen so ungeschickt, dass er oft den Gang blockierte und die anderen Kunden sich schon über ihn aufregten. Um endlich in Ruhe einkaufen zu können, gab Renate Robert den Auftrag, aus der Getränkeabteilung Mineralwasser und Bier zu holen. Sie gab ihm den Autoschlüssel.

„Wenn du alles hast, fahr gleich damit zum Auto und komm wieder herein." Robert murrte.

„Du hast doch Geld dabei?", fragte sie. Er bejahte. „Und wo finde ich das Zeug?"

„Wenn du lesen kannst, folge der Beschriftung über dir", sagte sie und zeigte auf die Hinweistafeln in den Gängen.

Robert marschierte los in die Getränkeabteilung. Das Angebot dort überwältigte ihn, und er vergaß für kurze Zeit seinen Unwillen, während er nach seinem Lieblingsbier suchte, „Ah, da ist es ja!", und normalerweise hätte er es mit Schwung in den Einkaufswagen befördert, doch die Gipshand ließ ihn zuerst einmal ratlos vor den beiden Kisten stehen, die er einladen wollte. Er blickte hilfesuchend um sich: keine Menschenseele, zumindest keine, die in seine Richtung sah. Also begann er umständlich einzelne Flaschen herauszunehmen, bis er die erste Kiste mit einer Hand heben konnte, und stellte die einzeln abgestellten Flaschen wieder hinein. Er seufzte und ging bei der zweiten Kiste genauso vor. Nun noch das Mineralwasser. Drei endlose Regale mit den verschiedensten Wässern ließen ihn schließlich verzweifeln.

Er zückte das Handy und rief Renate an. „Welches Mineralwasser soll ich nehmen?" „Das wir immer haben." – „Das weiß ich doch nicht!"

Renate seufzte und nannte ihm die Marke.

„Womit habe ich das verdient?", maulte er. Der kurze Bier-Lichtblick war vergessen. Er begann zu suchen. Die Sorten waren weder alphabetisch noch nach Herkunft oder Farbe geordnet. Man wollte offenbar verhindern, dass er das Gewünschte sofort fand. Als er es endlich hatte, lud er drei Sechserpacks in den Einkaufswagen. Das ging mit der gesunden Hand.

Doch der Einkaufswagen war inzwischen so schwer geworden, dass zeitweise ein Rad blockierte, was das Lenken mit einer Hand fast unmöglich machte. Er musste sich mit seinem ganzen Gewicht dagegenstemmen. „Mist!", fluchte er. „Was mache ich hier eigentlich? Wie schön wäre es jetzt zuhause vor dem Fernseher!"

Mühsam manövrierte er den Wagen in den Kassenbereich.

„Zahlen muss ich ja auch noch", knurrte er so vernehmlich, dass sich ein junges Pärchen kopfschüttelnd und kichernd nach ihm umsah. Robert stellte sich an der Kasse mit der kürzesten Schlange an. Natürlich gab es dort mit dem Kunden, der gerade dran war, ein Problem. Während die Schlangen nebenan zügig vorankamen, musste er zusehen, wie der Kunde ewig mit dem nach einigen Minuten lässig herbeigeschlenderten Marktleiter diskutierte. Endlich war er an der Reihe.

Ohne ihn anzusehen, sagte die Kassiererin in forschem Ton: „Die Ware gehört auf das Förderband!"

Robert wollte schon genauso schroff darauf antworten, da sah die Kassiererin seine Gipshand.

„Oh, lassen Sie, ich komme mit dem Scanner rüber", sagte sie viel freundlicher.

„Sie sind ein Engel, die erste Frau, die Mitleid mit mir hat", säuselte er.

Ihre Freundlichkeit war erschöpft, die Dame ignorierte ihn und betätigte flink den Scanner.

„46,50", sagte sie.

Umständlich fummelte er nach seiner Geldbörse und versuchte mit den drei Fingern, die der Gips übrigließ, einen Fünfziger herauszunesteln. Sie bemerkte seine Unbeholfenheit.

„Darf ich?", und griff nach dem Portmonee.

„Gerne", sagte Robert erleichtert.

Während sich die Kassiererin bediente, blickte sich Robert um. Er hatte schon ein schlechtes Gewissen, weil er so lange brauchte. Aber er sah nur überall stoische Gesichter, die ihn nicht einmal zu bemerken schienen. Denen ist auch schon alles egal, dachte er.

Die Kassiererin reichte ihm das Portmonee samt der Rechnung und wünschte ihm noch einen schönen Tag.

Robert fuhr mit dem sich sträubenden Wagen in Richtung Auto. Natürlich regte er sich nochmals, und diesmal doppelt, darüber auf, dass Renate nicht näher beim Eingang geparkt hatte. Jetzt blieb der Teufelswagen auch noch an jeder zweiten Ritze des Pflasters hängen. Irgendwie schaffte er es trotzdem, den Einkaufswagen zum Auto zu manövrieren, ohne andere Autos zu beschädigen. Nun mussten die Getränke in den Kofferraum. Robert versuchte schon dasselbe umständliche und mühsame Verfahren wie zuvor beim Aufladen anzuwenden, als er hinter sich eine Männerstimme hörte: „Brauchen Sie Hilfe?"

Es war ein Polizist, der einen Papiersack trug, wie er als Verpackung von Feinkostwaren verwendet wurde. Robert tippte auf Leberkässemmeln.

„Vielen Dank, ich kann mit einer Hand diese Kisten nicht heben", sagte er. „Wenn Sie mir kurz helfen könnten, dann müsste ich nicht jede Flasche einzeln ..."

„Kein Problem", erklärte der Polizist jovial, und gemeinsam hoben sie die zwei Bierkisten in den Kofferraum.

„Das Mineralwasser kann ich selber ...", wollte Robert sagen, aber da hatte der Polizist schon angepackt und lüpfte auch noch die schweren Sechserpacks ins Auto.

„Vielen Dank", sagte Robert, „Sie haben mir viel Mühe erspart."

„Die Polizei, dein Freund und Helfer", grinste der Gesetzeshüter. Dann wurde sein Gesichtsausdruck dienstlicher.

„Sie fahren hoffentlich nicht selbst diesen Wagen, oder?", fragte er in einem eher strengen Ton.

„Nein", beschwichtigte ihn Robert, „Meine Frau ist noch im Supermarkt. Ich wäre gar nicht da, wenn sie mich nicht praktisch dazu gezwungen hätte."

„Naja", sagte der Polizist, „Für Ihre Ehe bin ich nicht zuständig, nur für die Verkehrssicherheit."

Er lachte grölend über diesen Witz und ging weiter zu einem Polizeiauto, das noch ein paar Parkplätze weiter hinten stand. Robert schloss erschöpft den Kofferraumdeckel, drehte sich um und sah den langen Rückweg zum Supermarkt vor sich. Ich werde das Auto näher zum Eingang fahren, die kurze Strecke werde ich trotz Gipshand noch schaffen, dachte er. Außerdem ist das hier ja kein öffentliches Gelände. Er schwang sich auf den Fahrersitz und startete den Wagen. Als er die Gipshand wieder ans Lenkrad hob, vergriff er sich ein wenig und setzte die Hupe in Gang. Ein fröhlicher Posthornton, den er hatte extra einbauen lassen – trotz Renates nachdrücklichem Protest. Er legte den Retourgang ein und lenkte den Wagen hinaus in den Fahrstreifen. Die Rückfahrkamera zeigte ihm auf dem Monitor am Armaturenbrett groß und deutlich den Polizisten und seinen Kollegen, die ausgestiegen waren und auf ihn zuhielten. Roberts Helfer kam an die Fahrerseite und deutete Robert, er möge das Fenster öffnen.

„So sieht man sich wieder", sagte er verdrossen. „Fahrzeugkontrolle. Bitte Führerschein und Zulassung."

Robert stellte erst einmal den Motor ab. Der Beamte sah Robert scharf auf seine drei Finger, mit denen sich dieser abmühte, seinen Führerschein aus dem Portmonee zu bekommen, und sagte ganz ruhig: „Und Sie glauben, mit Ihrem Handicap ein Fahrzeug sicher im Verkehr bewegen zu können?" Währenddessen hatte Robert endlich den Führerschein aus seinem Versteck geschält und überreichte ihn dem Polizisten. „Herr Inspektor, das ist ein Missverständnis. Hier ist ja Privatgrund, ich wäre gar nicht auf die Straße gefahren, sondern nur einige Parkplätze weiter nach vorne zum Eingang. Ich hab ja gesagt, meine Frau ist noch im Supermarkt."

„Die Wagenpapiere bitte", forderte der Polizist ungerührt.

„Die Wagenpapiere hat meine Frau", sagte Robert.

„Na, dann werden wir Ihre Frau einmal ausrufen lassen", lachte der andere Polizist. Offensichtlich hat der wenigstens eine kurzweilige Mittagsunterhaltung gefunden, dachte Robert.

Im Supermarkt, Renate wollte gerade Robert anrufen, wo er so lange blieb, ertönte die Durchsage: „Achtung, Achtung! Der Besitzer des roten PKWs mit dem Kennzeichen ‚Renate1' möge unverzüglich zum Fahrzeug kommen!"

Renate erschrak dermaßen, dass sie ihren Einkaufswagen mitten im Gang stehen ließ und losstürmte. Was war jetzt wieder los? Tausend Gedanken schossen ihr durch den

Kopf, einer beunruhigender als der andere.
„Keine Angst, gnädige Frau, es ist nichts passiert", beruhigte sie der lachende Beamte, als sie atemlos beim Fahrzeug ankam. Der andere, Roberts selbstloser Helfer, erklärte Renate, worum es ging. Robert stand wie ein begossener Pudel daneben und sagte kein Wort.

„Was ...?" Sie schüttelte nur noch den Kopf und sah ihren Mann mit einem Blick an, der nichts Gutes verhieß.

„Nur der Ordnung halber, bitte Ihren Führerschein und die Fahrzeugpapiere", sagte der Polizist zu Renate.

Renate hatte ihre Handtasche wie eine Marketenderin umgehängt. Sie machte es aus Sicherheitsgründen immer so, wenn sie in Supermärkten unterwegs war.

„Natürlich", sagte sie und griff in die vor

ihrem Bauch baumelnde Tasche.

Ihre Gesichtsfarbe wechselte im selben Augenblick von dem leichten Rotton, der durch die Aufregung entstanden war, zu Leichenblässe.

„Das gibt es doch nicht", stammelte sie. Ihr Führerschein befand sich in ihrer Geldbörse. Und die befand sich, wenn sie niemand gestohlen hatte, irgendwo zuhause. Auch die Fahrzeugpapiere hatte Renate nicht mit.

Robert wollte schon lospoltern, da sagte der zweite Polizist: „Jetzt reicht es. Sie sperren das Auto ab und lassen es hier stehen. Zwei Stunden lang haben Sie die Möglichkeit, sich mit den fehlenden Papieren auf der Polizeidienststelle zu melden. Dann wollen wir von einer Strafe absehen, andernfalls gibt es eine saftige Anzeige."

Er hatte kaum geendet, da zückte Robert schon das Handy, um ein Taxi zu rufen. Die Polizisten warteten so lange, bis die beiden mit dem Taxi abgefahren waren. Im Taxi schnauzte Renate Robert an: „Na, da hast du ja wieder …"

„Schweig!" Robert fühlte, er war wieder Herr der Lage.

Der Kotzbrocken

Ich nehme mir immer wieder gerne Zeit, Weitra zu besuchen, eine entzückende kleine Stadt im nördlichen Waldviertel. Sie ist kulturell sehr aufgeschlossen. Im Schloss Weitra, das über der Stadt thront, finden viele Ausstellungen statt, und in einem eigens aufgebauten Theater werden jedes Jahr Sommerfestspiele abgehalten. Im Winter lohnt es sich, den Weihnachtsmarkt zu besuchen. Im Advent wirken die engen Gassen und der Rathausplatz mit den geschmückten Ständen, den glitzernden Sternen und Girlanden, den farbenfroh ausgelegten Weihnachtswaren und den dampfenden Punschkesseln verträumt und romantisch, besonders abends, und die ganze

Stadt duftet nach Lebkuchen, Zimt und Rum. Kein Wunder, dass dies im Winter Heerscharen von Besuchern anlockt, die sicherlich grundsätzlich liebenswert sind.

Aber es gibt auch Ausnahmen, und jetzt war Sommer und die Sonne brannte vom Himmel. Ich war schon eine Stunde in der Stadt herumspaziert und hielt eine Erfrischung für dringend nötig. Derselbe Gedanke dürfte auch anderen gekommen sein, denn die Lokale, die auf den breiten Gehsteigen am Hauptplatz einen Schanigarten hatten, waren alle voll besetzt. Ich hatte aber keine Lust auf ein Bier, mein Interesse galt dem einzigen Kaffee-Restaurant auf dem Platz. Dort war besonders großer Andrang. Ich zwängte mich zwischen den vielen Gästen zu einem kleinen Tisch durch, der im Schatten ganz hinten an der Wand stand, von dem aus ich den ganzen Schanigarten überblicken konnte. Ich saß gerne irgendwo abseits und beobachtete die Leute. Die meisten Tische waren mit Paaren oder Gruppen aus dem nahe der Stadt gelegenen Kurzentrum besetzt, man sah ihnen an, wie sie sich einerseits verlegen, andererseits selig die in der Kur schweißtreibend verlorenen Kalorien bei Kuchen und Kaffee wieder zurückholten.

Kaum hatte ich meine Bestellung serviert bekommen, eine Melange, eine Schwarzwälder Kirschtorte und ein Mineralwasser, da hörte ich ihn.

Er redete so laut, dass sich schon einige Gäste irritiert und zurechtweisend zu ihm umdrehten. Er saß mit drei Frauen zwei

98

Tische vor mir. Vermutlich waren sie auch Kurgäste. Die Reaktionen der Umsitzenden kümmerten ihn nicht, eher schien er diese Aufmerksamkeit für Bewunderung zu halten.

Er war braungebrannt, und sein muskulöser Oberkörper steckte in einem viel zu engen T-Shirt mit der Aufschrift „Chef". Um seinen Hals baumelte eine dicke Kette, die man eher an einem Rindvieh vermutet hätte. Das ist jetzt aber ein echter Macho, ein Exemplar wie aus dem Bilderbuch, dachte ich, mehr geht nicht mehr.

Ich irrte. „Fräulein!", rief er plötzlich mit einer Lautstärke, die das Wasser in meinem Glas vibrieren ließ.

Die Kellnerin drehte sich so erschrocken um, dass ihr das kleine Tablett mit dem abgeräumten Geschirr vom Nebentisch aus der Hand fiel.

„Na, samma a bisserl schreckhaft?", lachte der Rüpel und röhrte dabei aus vollem Hals wie ein Brüllaffe.

Seine Tischnachbarinnen schauten schon ein wenig pikiert. Einige der anderen Gäste schüttelten den Kopf, andere taten, als wäre er nicht da. Das ließ ihn erst recht zur Hochform auflaufen.

„So ein Kotzbrocken", hörte ich als leisen Kommentar von einem der benachbarten Tische.

„Bitte, mein Herr?", fragte die junge Serviererin höflich, aber mit hochrotem Gesicht, nachdem sie die Scherben vom Boden aufgesammelt hatte.

„Na endlich! Zahlen!", sagte der Kotzbrocken zur Angestellten.

„Alles zusammen?", fragte sie, wie es sich

gehört.

„Na kloar! Wegen der paar Euro", wieherte er und zeigte gönnerhaft auf den Tisch. Doch die drei Damen protestierten.

„Kommt nicht in Frage, wir bezahlen selbst", sagten sie unisono.

„Nix do, eingloden is eingloden", insistierte er. Jetzt wurde mir klar: Er hatte die Damen im Kurheim eingeladen, mit ihm nach Weitra zu fahren.

Sie gaben nach, wahrscheinlich, um nicht noch mehr Aufmerksamkeit zu erregen. Die Kellnerin sah auf den Bon, der bei der Bestellung lag, und las vor:

„36 Euro 50, bitte."

Ich sah, wie er ein Bündel Banknoten aus der Hosentasche nahm, daraus einen 50-Euro-Schein zog und ihn mit wegwerfender Geste der Kellnerin vor die Nase hielt.

„Stimmt scho", sagte er, mit sich zufrieden. Sie tat so, als hätte sie es nicht gehört, und gab ihm das Retourgeld genau abgezählt zurück.

„Na, dann net...", knurrte er, zuckte mit den Schultern und steckte das Geld ein. Dann stand er auf und ging, ohne sich weiter um seine Begleitung zu kümmern, Richtung Ausgang.

Auch die Frauen standen nun auf und eilten ihm nach, wobei sie ihm ärgerliche Blicke hinterherwarfen.

Die Augen der umsitzenden Gäste folgten dem Quartett gespannt. Auf ihren Gesichtern mischten sich Missbilligung und Belustigung. Gleich beim Eingang des Schanigartens parkte ein goldfarbenes Mercedes Cabrio mit der Schnauze zum Lokal. Der Kotzbrocken riss die Fahrertür auf, schwang sich hinein, zog die Tür zu und trommelte ungeduldig mit den Fingern am Blech, während die Frauen sich auf der anderen Seite ins Auto drängten. Die Gäste bestaunten das Auto. Vermutlich ist er so lange im Kreis gefahren, bis dieser Parkplatz frei war, um ja aufzufallen, dachte ich. Die Beifahrertür war noch nicht zu, als der Kotzbrocken den Motor startete und mehrmals laut aufheulen ließ, als wäre er auf einer Formel-1-Rennstrecke. Dann setzte er sich eine protzige Sonnenbrille auf, warf noch einen triumphierenden Blick auf die Gäste im Schanigarten und wollte offenbar mit Schwung rückwärts ausparken. Stattdessen gab es einen fürchterlichen Krach, als das Auto an den Laternenpfahl vor sich prallte, weil er nach vorn gefahren war. Die Gäste an dem Tisch auf dem Gehsteig hinter der Laterne sprangen erschrocken auf, blieben aber unversehrt, weil der Pfahl die Wucht des Anpralls aufgefangen hatte. Die teure Sonnenbrille hing schief im verdatterten Gesicht des Kotzbrockens. Von der lädierten Motorhaube stieg zarter grauer Rauch auf.

Jetzt hatte er wirklich die Aufmerksamkeit sämtlicher Gäste und Passanten. Wie auf Kommando klatschen wir alle Beifall. Auch die Kellnerin. Schadenfreude? Nein!

Der Job

Es war bewölkt, die ganze Straße machte, menschenleer und dunkel, wie sie war, einen tristen Eindruck.   .

Langsam fuhr ich sie entlang auf dem Weg zu „meinem" Café, und dachte nach. Nicht gewollt, nicht aktiv, vielmehr so, wie eben Gedanken vorüberziehen, wenn man Auto fährt, ohne sich besonders darauf konzentrieren zu müssen. Im Grunde dieselben Gedanken wie gestern. Nicht der Rede wert.

Ich parkte ein. Stille. Ich stieg, etwas träge, aus dem Wagen, und die kalte Morgenluft, die mir entgegenschlug, beförderte mich in die Realität. Eine Frau in einem roten Mantel ging auf dem Gehsteig auf mich zu, ich fixierte sie mit meinem Blick, sie drückte sich fast ängstlich die Hausmauer entlang, als sie an mir vorbeikam, und verschwand schneller, als sie gekommen war.

Zum Café wollte ich. Gleich auf der anderen Straßenseite. Das war für mich diese letzten zwei Wochen Routine geworden.

Dort im Café befand ich mich, wenigstens für kurze Zeit, in der Gesellschaft von Menschen, die mir den Anschein sozialer Zugehörigkeit gaben. Zumindest erkannte ich die Gesichter einiger Stammgäste wieder und sie, wenn ich sie kurz ansah, das meine. Die Atmosphäre war ungezwungen und vor allem unverbindlich.

Niemand wusste meinen Namen oder wer ich war. Gelegenheiten hätte es dort gegeben. Doch eine Beziehung mit jemandem anzuknüpfen, sei es nun als lose Bekannt-schaft, freundschaftlich oder gar roman-tisch, wäre bei meinem Job nur mit Stress verbunden, den das mögliche Vergnügen in keiner Weise aufwog. Es konnte sein, dass ich morgen einen Anruf bekam und die Stadt verlassen musste ohne Wahrschein-lichkeit einer Wiederkehr.

Ich verkaufte nicht nur meine Arbeit, ich wurde auch dafür bezahlt, abrufbar zu sein. Ich würde dieser Person vor allem niemals die Wahrheit über mich sagen können. Al-les würde unverbindlich oder aber Lüge sein. So interessant ich den Job vor Jahren gefunden hatte, so sehr hasste ich ihn im-mer öfter.

„Guten Morgen", begrüßte mich die freundliche Kellnerin hinter der Theke, die fast immer Morgenschicht hatte, mit einem Lächeln, als ich das Café betrat. Eine junge, lebhafte Frau mit einem schmalen Gesicht und einer kräftigen Nase. Wenn sie lächelte, kamen Hasenzähnchen zum Vorschein. Nicht schön, aber sympathisch.

Vermutlich war diese Frau die einzige Person in der Stadt, die bewusst wahrnahm, dass ich existierte, und mit der ich zumindest in den letzten 14 Tagen einige Worte gewechselt hatte. Wenn auch unser Dialog dürftig war. Er beschränkte sich auf „Guten Morgen", „Tschüss, einen schönen Tag noch" und meine Bestellung.

Ich lächelte zurück.

„Das übliche Frühstück?", rief sie.

„Ja, bitte."

„Frühstück" konnte man meine tägliche Bestellung nicht nennen, wenn man sie damit verglich, was rund um mich morgens an die Tische gebracht wurde. Kaffee mit Milch, aber ohne Zucker, mehr nicht. Trotzdem erstaunte mich, dass sie sich das gemerkt hatte.

„Kommt gleich!"

Ich begann zu grübeln. Die Frau im roten Mantel ging mir nicht aus dem Kopf.

Möglicherweise Zufall, aber warum war sie so ängstlich gewesen? Kannte sie mich? Und wenn ja, woher?

Ich wurde vom Klirren des Tabletts unterbrochen, als sie es vor mir auf den Tisch stellte. Ich grinste etwas übertrieben, bedankte mich, zückte meine Geldbörse und gab ihr einen Fünfer.

„Stimmt schon."

Sie deutete eine Verbeugung an. „Vielen Dank!" Man konnte meinen, ihre Freund-

lichkeit sei der Großzügigkeit meines Trink-
gelds zuzuschreiben, aber es sah fast so
aus, als machte es ihr Freude, freundlich zu
sein. Auch die anderen Gäste kamen in den
Genuss ihrer permanent guten Laune. Ein
Charakterzug, zum dem ich wenig Zugang
hatte.

Während ich den Kaffee schlürfte, blickte
ich aus dem Fenster. Der Himmel war dunk-
ler geworden, die Szenerie noch düsterer.
Ich sah auf die Uhr. Ich hatte noch 5 Minuten.

„Einen schönen Tag noch", rief die Kellnerin, als sie bemerkte, wie ich mich anschick-
te, das Lokal zu verlassen.

„Ihnen auch", rief ich zurück.

Als ich wieder hinter dem Lenkrad saß, fielen die ersten Regentropfen. Ich startete
den Motor und fuhr langsam meinen Weg

zurück die Straße entlang. Bei einer Ampel musste ich anhalten.

War es dieselbe Frau, die in einem roten Mantel die Straße überquerte, die mir vor dem Café begegnet war? Zuvor hatte ich nur auf ihre Bewegungen geachtet, jetzt sah ich mir das Gesicht an. Ein schönes, intelligentes Gesicht. Sie sah aus wie eine Frau, mit der man sein Leben verbringen konnte, ohne sie jemals ganz zu kennen. Unsere Blicke trafen sich kurz. Ich glaubte blankes Entsetzen in ihrem Gesicht zu lesen. Sie ging schneller, rannte fast. Bevor ich irgendwie reagieren konnte, war sie verschwunden.

Nicht gut für meinen Job. Ich schüttelte den Kopf, bog rechts ein und hätte beinahe einen Radfahrer gerammt.

„Du wirst alt, mein Lieber", sagte ich zu mir. Ich war mir schon seit einiger Zeit nicht mehr sicher, ob dieser Job gut für mich war. Immer wach, angespannt, unter Strom. Ich hasste ihn manchmal, wie gesagt. Aber was mir daran gefiel, würde ich sonst nirgends finden.

Mein Handy machte sich bemerkbar. Es war der Boss.
Morgen schon war ich in einer anderen Stadt.
Ich brauchte ein neues Café!

Kurzurlaub

„Hier ist die Welt noch in Ordnung", stand da, darunter eine Blumenwiese mit einem lachenden Mädchen, das offenbar vor Insekten keine Angst hatte. Robert, der diese Broschüre bei seiner Post vorfand, las neugierig weiter.

Ein kleiner Ort im nahegelegenen Hügelland beanspruchte diesen Slogan für sich, und im Inneren des Prospekts sah man einen alten Bauernhof, wo man Urlaub machen konnte, wenn man die Familie Gstreitner, vulgo „Brandnerhof", näher kennenlernen wollte. Urlaub auf dem Bauernhof also.

„Hier können Sie noch in engster Nachbarschaft mit Fasanen, Hasen und Rehen den

Tag verbringen, unsere Kühe auf der Weide besuchen oder die Schweine im Freigehege füttern. Wer Lust hat, kann auch bei der täglichen Arbeit mithelfen."

Das wäre doch etwas, dachte Robert. Endlich ein paar Tage ausspannen. Einen Bio-Kurzurlaub von Anfang an richtig genießen und das Auto zuhause stehen lassen, damit er gar nicht in Versuchung kam, ziellos durch die Gegend zu brausen, statt sich in Ruhe einem Ort und seinen Schönheiten zu widmen. Schließlich konnte er ja umweltbewusst die Bahn benutzen und sich bereits beim Anblick der vorbeiziehenden Landschaft entspannen. Dorthin gab es sogar eine direkte Verbindung.

Schnell entschlossen rief Robert die im Prospekt angegebene Telefonnummer an. „Gstreitner", meldete sich eine junge, überaus sympathische Frauenstimme.

„Ja, M-M-Mayer mein Name", stammelte er überrascht. Er hatte eher mit einem älteren, behäbigeren Semester gerechnet. Das konnte ja kein Mensch ahnen, dass sich auf einem Bauernhof so eine Engelsstimme meldete.

„Ich würde gerne bei Ihnen einziehen, also, eh, wohnen, meine ich."

Sie lachte.

„Aber Herr Mayer, wir kennen uns ja noch gar nicht."

Eine Frau mit Humor, dachte Robert, schon gefasster.

„Ist vielleicht auch besser, sonst würden Sie Nein sagen."

„Ob ich Ja sage, hängt davon ab, wann Sie bei mir einziehen wollen und wie lange Sie bleiben."

„Aha, mein Rausschmiss wird gleich einkalkuliert?"

„Ich befürchte ja!"

„Ich dachte an eine Woche."

„Nur eine Woche, und das war's dann?"

„Sie wollten doch wissen, wann Sie mich wieder loswerden können!"

„Da haben Sie auch wieder recht", lachte sie. „Sie haben Glück, ein Zimmer ist noch frei. Kommen Sie allein oder mit Begleitung?"

„Allein, ich kann doch nicht in Begleitung bei Ihnen einziehen!"

„Stimmt! Bis wann können wir mit Ihnen rechnen?"

„Laut Fahrplan kommt der Zug um 14 Uhr an."

Die Engelsstimme bot Robert an, ihn vom Bahnhof abzuholen, was er gerne annahm.

„Dann bis bald", sagte sie, und sie beendeten das Gespräch.

Ein Blick auf die Uhr, es waren noch 45 Minuten bis zur Abfahrt des Zuges. Er stellte sein Auto auf der „Park and Ride"-Anlage ab und ging zum Bahnhofsgebäude. Das Ticket löste er am Automaten.

Auf dem Bahnsteig gab es schon ein Gedränge ungeduldig wartender Fahrgäste, da kam eine Durchsage: „Aufgrund eines Unfalls auf der Strecke bleibt diese ab der nächsten Station bis auf weiteres gesperrt. Es wurde ein Schienenersatzverkehr mit Bussen und Taxis eingerichtet. Bitte beachten sie die Aufschrift: Im Auftrag der Österreichischen Bundesbahnen."

Robert überlegte nicht lange, er stieg nicht in den Zug. Das würde die Reise verzögern und umständlich machen, es war nun doch besser, das Auto zu nehmen. Zurück zum Parkplatz.

Als er im Auto saß, fiel ihm ein, er musste ja beim Engelchen im Himmel anrufen, dass ihn niemand vom Bahnhof abzuholen brauchte. Als er wieder ihre Stimme hörte, lief ein wohliges Schauern durch seinen Körper.

Die ganze Fahrt über dachte er an nichts anderes als an diese Stimme.

Er erreichte sein Ziel nach fast zweistündiger Fahrt. Mit leichtem Kribbeln im Bauch betätigte er die Klingel.

„Guten Tag! Sie müssen Herr Mayer sein."
Robert stockte der Atem, und er starrte auf die Frau, die ihm soeben die Tür zur Vorhölle geöffnet hatte. Vor ihm stand kein Engel,

sondern ein altes Weib. Keine Engelsstimme, nur ein zittriges Krächzen.

„Habe ich mich in der Adresse geirrt, ist hier nicht Gstreitner?", fragte er in der Hoffnung auf ein Missverständnis.

„Ja, ja, stimmt schon. Sie haben mit meiner Enkelin Susi telefoniert, die ist gerade auf Besuch da."

„Wie schön!"

„Kommen Sie doch herein!", sagte Frau Gstreitner freundlich.

Beim Betreten seiner künftigen Behausung überkam Robert ein Schauder. Solch antiquierte bäuerliche Einrichtung kannte er nur aus alten Heimatfilmen aus dem vorigen Jahrhundert.

Ohne Umschweife begann die Oma mit der Führung durchs Haus. „Hier ist der Frühstücksraum", sie zeigte auf eine Türe, die schon bessere Zeit erlebt haben dürfte.

„Möchten Sie um sieben frühstücken?"

„Um sieben Uhr?", fragte Robert so entsetzt, dass die Oma gleich freudig hinzufügte: „Oder früher, so wie wir, um halb sieben?"

„Nein, nein, eher später!"

„Na gut, wir bieten aber nur bis acht Frühstück an, dann räumen wir ab."

„Dann bitte ohne Frühstück", sagte Robert. Die Führung ging weiter.

„Dann zeige ich Ihnen jetzt Ihr Zimmer." Das Hirschgeweih über der Tür verhieß nichts Gutes. Ein Doppelbett mit verschnörkelten Eckpfosten, ein riesiger durchgesessener Ohrensessel sowie ein klobiger Bauernschrank verdüsterten das Zimmer. Die Oma lächelte.

„Das mit der Bezahlung regeln wir bei der

Abreise. Sie laufen mir ja nicht weg", kicherte sie.

„Na, da bin ich nicht so sicher", flüsterte Robert.

„Was haben Sie gesagt?"

„Nicht, nichts."

„Hier sind die Schlüssel, der kleine für das Zimmer, der große für die Haustür." Die Oma überließ Robert seinem Schicksal und ging. Irgendwann muss man sich der Lage stellen oder ergeben, dachte Robert. Insgeheim spekulierte er ja immer noch damit, dass Susi auftauchte.

Seine Hoffnung schwand. Er warf sich auf das knarrende Bett und starrte an die dunkle Holzdecke.

Da klopfte es.

„Ja, bitte", rief Robert, ohne aufzustehen.

Sicher hatte die Oma noch eine Überraschung für ihn vergessen.

Eine Engelsstimme fragte: „Darf ich reinkommen?"

Dann wurde der Raum so hell wie der Himmel, und Susi, sein Engel, stand in der Tür.

Ein plötzlicher Windstoß riss die Fensterflügel auf. Robert fuhr hoch und saß aufrecht im Bett.

Er musste sich erst klar machen, wo er eigentlich war, so benommen war er. „Gott sei Dank, Susi schläft noch", atmete er auf, als er sie neben sich sah.

Es war ohnehin Zeit, das Frühstück vorzubereiten. Er hatte sich für heute eine Überraschung für sie ausgedacht. Leise ging er in

den Frühstücksraum, schaltete den Kaffee-automaten ein und setzte sich an den Tisch.
Noch einmal las er, was er auf die Karte geschrieben hatte. Vorne war ein Engel drauf.

Er stand auf, holte die roten Rosen, die er gestern mitgebracht und über Nacht versteckt hatte, damit Susi sie nicht sehen konnte, und arrangierte sie in einer Vase auf dem Tisch. Mitten hinein steckte er die Karte.

Genau vor einem Jahr hatte er Susi kennengelernt.

Genau heute vor einem Jahr war er das erste Mal hier gewesen.

Weitere Bücher des Autors:

 **Es gibt so Tage ...**
ISBN 783749480074

Leseprobe:
Die Nixen

Alex schlug die Augen auf, doch es blieb finster. Wohin er auch schaute, er konnte nichts sehen.
Was war mit seinen Augen? Hektisch versuchte er aufzustehen, aber die Beine gehorchten ihm nicht. Der Boden hielt ihn fest wie ein Magnet ein Stückchen Eisen.

Er spürte Kälte an seinen Füßen. Durch sein Gehör pulste ein seltsames Zischen. Wo befand er sich? Sein Körper drückte auf etwas Raues. Mit den Händen ertastete er Sand und Steine.

Er musste die Panik bezähmen, die in ihm hochstieg. Hastig atmend mahnte er sich zur Ruhe.

Endlich ein schwacher Lichtschein, der sich langsam ausbreitete. Allmählich konnte er seine Umgebung wie durch einen Schleier wahrnehmen.

Er lag offenbar nackt an einem Strand. Die Sonne stand noch tief über den Bergrücken. Das Zischen wurde zum Plätschern der flachen Wellen, die an seinen Füßen leckten. Es roch nach Meer und verbranntem Holz.

Vom Leben geschrieben
Teil I
ISBN   9783748178989

Leseprobe:
Vertippt

Kurt stand in der Küche und zerlegte gerade ein Huhn, er hatte heute Küchendienst, als sich sein Handy bemerkbar machte, das im Wohnzimmer auf den Tisch lag.
Seine Frau Helga goss dort gerade die Blumen. „Du hast eine SMS bekommen!" rief sie.
„Schau du nach, bitte, ich habe fette Hände. Es wird Alex sein, ich hab ihm geschrieben, dass er sich melden möge."

Helga nahm das Handy und las die Nachricht: „Hallo Kurt hier Doris! Wir haben uns gestern bei Norbert kennengelernt erinnerst du dich? Hast du heute schon was vor?"

Helga starrte auf die Nachricht und musste schlucken. „Wer ist es denn, Mausi?" rief Kurt aus der Küche.

Helga nahm das Handy und ging in die Küche. „Na?", fragte Kurt und sah Helga aufmerksam an.

„Deine Doris", sagte Helga steif.

„Wer? Ich kenne keine Doris", erwiderte Kurt und schmunzelte.

Helga las ihm die Nachricht vor. „Du hast gestern doch gesagt, du gehst zum Kegeln mit deinen Freunden!" Ihr Gesicht rötete sich.

„War ich auch, keine Ahnung, wer diese Doris Ist", erklärte Kurt schon etwas unwillig. „Die muss sich vertippt haben."

Vom Leben geschrieben
Teil II
ISBN 9783732234486

Leseprobe:
Der Alltag

Wieder einmal zeigte der Alltag Waltraud seine Krallen: Schnell das Frühstück machen und den Tisch decken, so liebevoll es eben in der Kürze ging. Was ohnehin sinnlos war, denn die anderen würgten es im Vorbeigehen hinunter. Die anderen, das waren: ihr Mann Erich, ihre Tochter Jasmin und Sohn Wolfgang.

„Vergiss nicht, in die Apotheke zu gehen!", sagte Erich, bevor er die Kaffeetasse auf

den Tisch zurückstellte und sich verab-
schiedete. „Mama, der Seifenspender ist
leer", rief Jasmin aus dem Badezimmer.
„Bis am Abend", rief sie in die Küche.
„Vergiss nicht, meine Bluse zu waschen",
kam noch aus dem Vorzimmer hinterher,
und weg war sie.

Wolfgang saß als Einziger bei ihr am Kü-
chentisch, starrte aber unentwegt in sein
Smartphone. „Übrigens, das Klopapier ist
auch alle", sagte er ganz ruhig, ohne seinen
Kopf zu heben.
„Tschüss, ich muss dann auch los", sagte er,
stand auf und ging.
Waltraud stützte ihren Kopf in beide Hände
und schloss die Augen. Sie spürte, wie sich
in ihr Druck aufbaute wie in einem Koch-
topf. Plötzlich schrie sie sich explosionsartig
den Frust von der Seele.

Meine Kindheit im Paradies

ISBN 9783735777829

Leseprobe:
Am Nebelstein

Eines Tages in diesem Sommer 1948 kamen
Franz und ich auf die Idee, auf den Nebelstein zu gehen. Es war ein Marsch von gut
eineinhalb Stunden. Das erste Stück des
Weges war kein Problem, denn im Wald um
das Haus herum kannten wir uns sehr gut
aus. Nicht nur, weil wir hier immer spielten,
sondern weil wir auch die Streu für den
Stall von hier holten. Je weiter wir uns aber
vom Haus entfernten, desto unheimlicher

wurde uns unser Vorhaben. Unser Weg führte vorbei an großen Felsblöcken, an denen sich Himbeerstauden hochrankten und die gelegentlich auch der einen oder anderen Schlange ein warmes Sonnenplätzchen boten. Je näher wir dem Gipfel kamen, desto deutlicher änderte sich auch die Landschaft. Weicher Moosboden und sumpfige Wiesen zeigten, dass wir in ein Moorgebiet geraten waren und höllisch aufpassen mussten, um nicht darin zu versinken.

Endlich trennte uns nur noch ein kleiner Anstieg vom Gipfel, da hörten wir unheimliche Laute. Es klang manchmal wie Klappern, dann wieder wie fernes Rufen oder Lachen. Da wir ohnehin den ganzen Weg über nur an die Schauermärchen hatten denken müssen, fiel uns nun fast das Herz in die sprichwörtliche Hose. Das waren wir, wagemutige Kletterer, denen plötzlich der Angstschweiß auf der Stirn stand!

**Fabelhafte
Geschichten**
ISBN 783734783302

**Leseprobe:
Der neugierige Frosch**

Ein winzig kleiner Frosch lebte im Biotop eines Gartens. Seine Eltern hatten sich beizeiten aus dem Staub gemacht. Seitdem war er ganz auf sich allein gestellt. Alle Tiere, wie Fliegen, Bienen und Libellen, die gelegentlich das Biotop besuchten, freuten sich, den kleinen Kerl immer wieder hier anzutreffen.